POÈTES ILLUSTRES DE LA POLOGNE

AU XIXᵉ SIÈCLE

SIGISMOND KRASIŃSKI

L'AUBE DU GRAND JOUR

TRADUIT DU POLONAIS

PRZEDŚWIT

POËME

DE SIGISMOND KRASIŃSKI

Prix : 2 fr. 50 cent.

PARIS

TYPOGRAPHIE DE E. PLON ET Cⁱᵉ

RUE GARANCIÈRE, 8

1876

POËTES ILLUSTRES DE LA POLOGNE

AU XIXe SIÈCLE

SIGISMOND KRASIŃSKI

L'AUBE DU GRAND JOUR

TRADUIT DU POLONAIS

PRZEDŚWIT

POËME

DE SIGISMOND KRASIŃSKI

PARIS

TYPOGRAPHIE E. PLON ET Cie

RUE GARANCIÈRE, 8

1876

Tous droits réservés.

NOTICE SUR L'AUTEUR

Sigismond, fils unique du comte Vincent *Krasiński,* général dans l'armée polonaise, naquit à Paris le 24 février 1811, à la veille de faits importants qui devaient marquer dans l'histoire de son pays. Les glorieux efforts de sa nation, ses illusions trompeuses suivies d'amères déceptions dans l'année mémorable de 1812, durent réagir sur l'imagination enfantine de notre compatriote, et qui sait? lui ont fait pousser peut-être les ailes du poëte inspiré.

Ses ancêtres occupèrent un rang élevé dans le gouvernement de la République de Pologne, et furent alliés aux familles royales de Saxe et de Savoie.

Le jeune Sigismond eut pour instituteur un homme de lettres connu, Joseph *Korzeniowski*, professeur distingué, qui, s'il ne prévit pas l'avenir splendide de son élève, apprécia de bonne heure sa grande aptitude littéraire. En effet, celui-ci écrivit son premier ouvrage à l'âge de quatorze ans. C'était une nouvelle intitulée : *le Tombeau de famille des Reichstadt*, suivie d'autres écrits en prose où se révèle déjà le génie poétique de l'auteur.

Le fameux procès politique qui précéda de peu de temps, à Varsovie, la révolution de 1830, procès dont les accusés et les victimes furent les noms les plus illustres de la Pologne et dans lequel le général figure tristement parmi les juges, jeta un voile lugubre sur la brillante carrière de ce dernier...

Le fils désolé quitta alors son pays natal et se rendit en Suisse, où il fit la connaissance d'Adam *Mickiewicz.*

Notre célèbre poëte, attiré vers le débutant par la douce mélodie de son jeu sur le piano, s'éprit pour lui d'une vive sympathie en apprenant à le mieux connaître, et exerça une influence salutaire sur le développement artistique du jeune homme, qui, sous l'inspiration favorable du *Maître,* sentit croître ses ailes et, abandonnant la *première manière* d'écrire par laquelle il s'était manifesté au public dans ses premières œuvres : *Agaij-Khan, Ladislas Herman,* etc., révéla brillamment son génie poétique dans la *Comédie infernale,* œuvre capitale, placée par *Mickiewicz*, dans son cours de littérature slave au Collége de France, au premier rang de l'art dramatique en Pologne.

Krasiński y dénonça en prophète l'effondrement de la société tombant en ruine, et la guerre sociale entre ses divers éléments hostiles, comme le résultat inévitable de la civilisation actuelle... Les voies mystérieuses, souvent même mystiques, dans lesquelles notre poëte nous entraîne à sa suite avec un talent hors ligne, ne sont pas accessibles à tout le monde. Seul, le lecteur animé par la Foi et planant par son esprit au-dessus du monde matériel, trouvera la clef pour deviner les énigmes compliquées à l'aide desquelles l'auteur nous dévoile, dans un style magnifique, les splendeurs de l'avenir. A-t-il eu vraiment le don prophétique

de la clairvoyance?... Les temps futurs en déci-
deront; mais il est certain que le premier acte
des machinations infernales de *Pancrace* (un des
agents du drame) s'est joué dernièrement, en
réalité, sous la Commune de Paris.

La France fut toujours le point de mire de
nos poëtes, qui en déploraient le matérialisme,
appelé, par les naïfs et les intéressés, Progrès
et Régénération sociale. — *Mickiewicz* disait
que, « victime de ses passions révolutionnaires,
elle sera écrasée comme le fer rougi entre l'en-
clume et le marteau », — et *Słowacki,* que « les
boulets ennemis traceront les décrets de la Providence sur les murs de Paris, et que leur siffle-
ment retentira, inintelligible, sur les bords de
la Seine ».

Krasiński frissonne en pensant à l'avenir de
la nation... Il nous dépeint, dans son second

drame, *Iridion,* les déchirements de la société païenne avant que la croix brillât victorieuse dans Rome. — Les *Trois Pensées* nous montrent l'action constante et contraire des deux forces opposées qui agissent simultanément dans le monde et la nature : la force créatrice et celle de dissolution. La *Tentation,* poëme qui fait vibrer la fibre patriotique; la *Nuit d'été,* où la lutte éternelle des partis se dramatise en se localisant dans deux cœurs que sépare l'orgueil de caste, sont de grandes œuvres écrites en prose rhythmée, d'un style magistral, d'une richesse d'images incomparable, et se distinguent par l'élévation des sentiments et l'ampleur de leur mise en scène. — Et partout, sur les ruines de Rome, dans les luttes sociales, au fond du cœur humain, le poëte inspiré recherche et dévoile l'avenir de la Pologne, dont il prédit la résurrection finale dans l'*Aube*.

Nous nous sommes efforcé de traduire ce poëme le plus fidèlement possible, tâchant de surmonter les difficultés de l'idiome original, où le poëte tout-puissant forme et introduit de nouvelles expressions admirables qui resteront dans notre langue, marquées au sceau de son génie créateur. Nous avons tenu surtout à rendre exactement le *sens* et l'*idée*, plus même que la *lettre*, voulant éclairer de leur divin flambeau la France, appelée, je le crains, à suivre la même voie douloureuse.

Le poëte, profondément religieux, voit le salut des nations, et particulièrement de la Pologne, dans le développement lumineux de la Foi et de l'Église catholique, qui a pour mission de faire apparaître sur la terre le royaume de Dieu. — L'*Aube*, ainsi que les trois psaumes sublimes de la *Foi*, de l'*Espérance* et de la *Douleur*, écrits en vers rimés se gravant mieux dans la mémoire, sont les poésies de l'auteur les plus faciles à comprendre, surtout pour les lecteurs polonais, car elles rayonnent d'un amour infini pour notre sainte et malheureuse patrie! Son esprit illuminé s'élève, dans son vol hardi, au-dessus de la sphère terrestre, et, déchirant le voile de l'avenir, voit la Pologne ressuscitée, conduisant les autres nations au pays de lumière... Il évoque les mânes de nos aïeux, et nous montre dans un tableau magique la grande figure d'un illustre *hetman* (général en chef), qui lui défend de maudire le passé, contenant déjà le germe de notre bonheur futur.

Il est ici question d'Étienne *Czarniecki* (*Tcharnietski*), qui, sous le règne de Jean-Casimir, releva la Pologne épuisée et retarda sa chute de cent ans. La République était envahie de tous côtés par l'ennemi : à l'est, les Cosaques, révoltés sous leur chef *Chmielniçki,* tendaient la main au tsar de Moscou, *Alexis;* au sud, *Rakoczy,* hospodar de Valachie, ravageait impunément les plus belles provinces; au nord, Charles-Gustave de Suède se proclamait roi de Pologne à Varsovie (1655), et obtenait la neutralité de *Frédéric-Guillaume,* électeur de Brandebourg et vassal de la Pologne.

Jean-Casimir, dans le discours qu'il tint à la Diète du royaume en déposant la couronne (la même année 1655), prévoyait la triste destinée.

« Notre avenir, disait-il, est menacé d'un grand danger. Le tsar de Moscou s'emparera de la Lithuanie et de la Ruthénie; l'électeur de Brandebourg prendra la Grande Pologne et la Prusse polonaise, et la maison impériale d'Autriche occupera la Petite Pologne, si vous ne remédiez au mal par l'union et la concorde. »

Seul, *Czarniecki*, catholique zélé et serviteur dévoué du trône, ne désespère pas du salut, et entame une guerre de partisans dans tout le pays.

L'armée polonaise, sous sa vaillante direction, et entonnant l'hymne national *la Mère de Dieu*, vola à la victoire et décima tellement les bataillons suédois, que Charles-Gustave s'écria, furieux, en parlant de l'illustre *hetman* : « Non-seulement il me bat, mais il me vole encore mon armée! » En effet, de nombreux transfuges polonais désertèrent pour rejoindre les drapeaux triomphants du héros. Les Moscovites l'appelaient le *Cerbère terrible; Rakoczy* le surnommait l'*Oiseau de proie;* mais le pays l'acclamait son sauveur!

Nous avons un récit en vers de ces hauts faits, composé en un gros volume par *Cajetan Kozmian* dans sa vieillesse. — *Krasiński* lui écrit, en le félicitant de son beau travail :

« La mission angélique du poëte est de faire revivre le passé, en lui donnant même des qualités qu'il ne manifestait pas, s'abîmant dans le gouffre des temps d'une manière ostensible, mais que sait découvrir le génie du poëte. »

Il nous montre dans l'*Aube* la suave apparition d'une âme sœur de sa muse divine, qui, pareille à Béatrice, inspire ses chants et, par le charme de ses accords mélodieux, évoque l'image prophétique de l'avenir. — Plein d'un sublime enthousiasme, le poëte s'écrie, dans une des dernières strophes du poëme :

Périssent mes chants! Place aux nobles actions!

Le vers, bien plus énergique dans l'original, volant de bouche en bouche, devint le cri de guerre et de ralliement de la pieuse Lithuanie pendant l'insurrection de l'année 1863, dont il eut le bonheur de ne pas voir les cruelles péripéties et la fin tragique, car il mourut à Paris le 24 février 1859 (le jour anniversaire de sa naissance, à l'âge de quarante-huit ans), des suites d'une très-longue et pénible maladie. Il en avait pris le germe dans l'émigration, après la douloureuse issue de la révolution de Pologne, l'année 1831, souffrant depuis lors continuellement du corps, mais rayonnant par son génie identifié à sa noble patrie.

Il a laissé, outre les ouvrages mentionnés, une nombreuse correspondance avec sa famille et ses amis, et beaucoup de vers inédits. Ses lettres, qui ne sont pas encore toutes publiées, portent le cachet de son esprit créateur, et abondent en conceptions élevées, parées d'une forme splendide : moule merveilleux où coule en bronze impérissable l'ardente lave de ses pensées.

Paris, 23 février 1875.

A LA MÉMOIRE DE L'AUTEUR

Te suivre aux cieux,

Admirant en vision pure

Le glorieux

Rayonnement de la nature!...

Voir, ébloui,

L'image de notre Patrie,

— Songe inouï,

Douce et sublime rêverie, —

Guidant à Dieu,

Aux régions de la lumière,

Divin milieu,

Les peuples unis de la terre!...

Ouïr, ravi,

La voix de nos vaillants ancêtres ;

L'ordre suivi

Au firmament, par tous les êtres,

De couronner

La Pologne, martyre sainte ;

De l'amener

En triomphe, de lauriers ceinte,

Au haut du ciel

Où trône en sa splendeur et gloire

L'Être éternel ;

Où, patronne de la victoire,

Mère à Jésus,

Nous admettant dans la série

D'anges élus ,

Resplendit la Vierge Marie !...

Puis-je le faire, en vérité ,

Incrédule et chétif poëte?...

Prête-moi ta sérénité,

Chantre inspiré, divin prophète !!...

CHARLES DE NOIRE-ISLE.

Paris, février 1875.

L'AUBE DU GRAND JOUR

L'AUBE DU GRAND JOUR

I

Chassé par l'ennemi du sol de mes aïeux,
J'ai dû fouler les champs de la terre étrangère,
Entendre au loin les cris des monstres furieux
Enchaînant ma patrie aux liens de misère;
Comme Dante, vivant j'ai traversé l'enfer!
Je croyais au début Dieu plein de pitié, fier
Avec les orgueilleux et clément aux fidèles;
J'ai cru naïvement voir descendre des cieux
Des vengeurs pour punir les actions cruelles,
Qu'alors éclaterait le sépulcre odieux,

D'un peuple le tombeau, maintenu sur la terre

Par la main d'un bourreau qui durement l'enserre.

Mais les jours et les ans dans leur course ont passé;

Vainement luttait l'aube avec la nuit obscure :

Le soleil ne vint pas luire au tombeau glacé

Des martyrs de ce monde horrible en sa souillure...

Mon esprit, détrompé, du doute amer sonda

L'abîme où tout rayon perd éclat et lumière,

Où tout empire croule, Israël ou Juda,

Où tout fait glorieux se dissipe en poussière...

Et le temps s'enfuyant après lui laissa voir

L'inscription fatale : « En ce lieu plus d'espoir! »

Oui! j'ai vécu longtemps dans ce gouffre terrible,

Tourmenté par la rage, en proie au désespoir;

La mort me trouvera désormais impassible,

Comme Dante ayant vu, vivant, l'enfer tout noir.

Mais aussi, comme à lui, m'apparut une femme

Au regard inspiré, dont les démons ont peur;

J'eus aussi pour soutien, pour guide une belle âme,

Ma Béatrice aimée, un noble ange sauveur!

Son égale en beauté, dans ton essor sublime,

Tu ne t'élevas point loin de moi dans les cieux,

Pour planer au-dessus des tourments et du crime;

Son égale en beauté, mais le cœur plus pieux,

Tu daignas avec moi demeurer sur la terre

Où croissent les soucis, où jaillissent les pleurs;

Partageant mes chagrins, saignant du même ulcère,

Unie au même sort, souffrant de mes douleurs,

Sur mon cœur oppressé ta chère âme épurée

But le même poison, Béatrice adorée!...

Mes cris et tes soupirs vibrant à l'unisson,

Fondus, entremêlés, firent un chant suprême;

Nos chagrins mariés créèrent un seul ton

Où retentit la joie et du bonheur l'emblème;

Le bonheur de la foi, de l'espoir le garant,

Ressentis, réveillés par ta divine grâce!...

Tels, de larmes chargés, deux nuages errant

Se heurtent dans les cieux, illuminant l'espace;

De leur choc foudroyant jaillissent des éclairs,

La clarté remplaçant le fond noir dans les airs.

Laisse invoquer ton nom, ô muse et sœur chérie!
Restons unis ensemble à toute éternité,
Par tous nos souvenirs et liens de la vie...
Mon chant aimé, passant à la postérité,
Après la mort viendra veiller sur notre tombe,
Comme un Ange gardien, ou la blanche colombe;
Et, quand sonnera l'heure à l'horloge du temps,
Nous renaîtrons un jour avec une autre forme
Éthérée, idéale, aux esprits plus conforme,
Unis par le lien de ces divins accents...
Et nous vivrons toujours dans l'humaine mémoire,
Comme de purs esprits, l'un et l'autre sauvés,
Dans un monde meilleur par un Ange enlevés,
Tous les deux saints, heureux, resplendissants de gloire.

II

Vous rappelez-vous, en dôme arrondi,
Au haut des glaciers l'azur d'Italie,
Des Alpes les pics neigeux, qu'au Midi
Un lac transparent reflète et relie?
En haut, les rochers de granit aigus
Se dressent au ciel, argentés de glace;
S'élevant plus bas, des monts contigus
Grimpent l'un sur l'autre, et couvrent l'espace;
Rose et chèvrefeuille étalent leurs fleurs
Dans ce paradis au pied des montagnes.

3.

Le miroir des eaux retrace couleurs,
Lumière et contours des vertes campagnes;
Lac, ciel et rochers sont pleins de beauté,
Où Dieu paraît dans sa divinité!...

Harpe en main, je te vois splendide,
Voguant debout sur mon bateau;
La lune au fond surgit, candide,
Les étoiles brillent dans l'eau;
Tu laisses jaillir l'harmonie
Ruisselant de tes doigts si fins,
Et l'inspiration bénie
Illumine tes traits divins,
Baignés de la douce lumière
Que répand l'astre de la nuit
Sur ton beau visage en prière,
Sur ton noble front qui reluit;
Ta figure, resplendissante
Des rayons du ciel étoilé,

De blancheur est éblouissante,

Pareille au séraphin ailé!...

La barque lentement chemine,

Formant un sillon argenté;

J'entends, ravi, ta voix divine,

Je nage dans la volupté.

Au delà du lac diaphane,

S'estompent contours vaporeux;

Seuls à deux, loin de tout profane,

Je vois tout rose... étant heureux!...

Et la barque fend l'eau limpide...

Vraiment, le bonheur obtenu

Dans cette heure brève et rapide,

Même aux Anges est inconnu...

Plein d'orgueil et de confiance,

Sœur, je crois voir notre drapeau

Montrant au loin la renaissance

De notre patrie au tombeau!...

Au ciel un Ange avec sa palme

Nous guide au pays enchanté;

Voguons aux régions du calme,
De l'azur et de la clarté !

Rochers, vertes collines,
Lac pur, eaux cristallines,
Terre et ciel ne font qu'un :
Les nuances se fondent,
Les objets se confondent,
Le réel, le commun
A l'idéal fait place,
Tout le monde s'efface...
Oh ! laisse-moi rêver,
Dans une douce image,
Le signe et le présage
Que Dieu va nous sauver !...

III

Soyons fiers, mon Ange fidèle!

Avant que le Christ glorieux

Ne ramène l'esprit rebelle,

Nous chassons le doute odieux;

Il n'ose pas souiller, l'infâme,

Nos cœurs! — Dans l'aspect enchanteur

De la belle nature, l'âme

Voit et sent le grand Créateur!

Poursuivis par un sort injuste,

Mais raffermis par notre foi,

Nous allons au martyre auguste,

La main dans la main, sans effroi,

Invoquant Dieu dans la prière,

Le bénissant dans sa colère!

Sur terre pauvres orphelins,

Fruits d'une mère assassinée,

Sevrés de ses regards câlins,

De son affection innée,

Venus au monde en un tombeau,

Nous errons pareils à des ombres,

Suivis de l'atroce bourreau;

Mais dans nos moments les plus sombres,

Sur le sépulcre des aïeux

Nous gardons la foi, l'espérance,

Nos trésors les plus précieux,

Et citons avec assurance

Devant Dieu l'oppresseur cruel,
Certains de la justice au ciel!...

Prie avec moi, ma sœur aimée!
Prions à genoux humblement;
Mais, chère victime opprimée,
Relève les yeux fièrement!
Contemple la harpe infinie,
Où lune, étoiles et soleils,
Écrous vissés avec génie,
Servent de brillants appareils.
De haut en bas vibrent, sonores,
Les cordes d'azur et de feu,
Au ciel lumineux météores
Fixés immuables par Dieu;
Sur elles promène et voltige,
Marquant les temps, l'esprit divin;
Dans sa prescience, il dirige
En paix le concert du destin!

Écoute bien! A l'harmonie
Du bel accord il manque un son;
A la splendide symphonie
De lumières manque un rayon;
Replace la corde cassée
A la lyre du genre humain;
Montre-nous l'étoile effacée,
Mais non éteinte au ciel serein!
Nomme la Pologne si pure!...
Alors l'Ange de la pitié
Remettra son nom, pour qu'il dure,
Au grand accord associé!

Prions ensemble avec constance,
Amour, zèle et sécurité!
En Dieu j'ai pleine confiance
Qu'il dotera notre entité
D'une incarnation nouvelle!...
L'espoir certain dans sa bonté,

La foi dans la vie éternelle,

La mort subie en action,

La plus vile, la plus terrible,

Nous donnent droit inamovible

A notre résurrection!...

Dieu nous la doit dans sa justice,

Sinon sur l'heure, au moins demain,

Tant pour lui qu'à notre service;

Il ne fut pas notre hôte en vain:

Dans notre cœur, dans nos entrailles,

Dans nos malheurs, dans le tombeau,

Il s'inscrit sur notre drapeau,

Il assiste à nos funérailles;

Nous l'avons en nous!... Car sans lui,

Sans son aide, sans son appui,

Aurions-nous eu force et courage

Pour supporter tous nos tourments?...

Dieu! nous te possédions en gage,

Sachant que jamais tu ne mens!...

De la Pologne enfin la gloire
Est sans corps, comme ta splendeur!
Seul ton esprit, dans sa grandeur,
Peut obtenir pleine victoire
Sur la mort. — Donc, à notre appel,
Proclame le Verbe éternel!...

Tu t'agenouillas, blanche et pure,
Frôlant la harpe de ton front;
Elle rendit un sourd murmure,
Gémissement grave et profond
Des cordes par l'astre dorées,
Triste écho des plaintes sacrées
Émises par ton cœur à Dieu,
La nuit, en silence, en ce lieu.

A travers des cordes la trame,
Je vois ton œil doux et voilé;
Nul son aux lèvres ne réclame
Le secours du ciel étoilé;

Et ton âme seule est visible,

Suspendue au souffle enivrant

De ton soupir irrésistible!...

Oui, ma sœur, il est suffisant

Et peut remplacer la prière,

Étant le symbole sur terre

De la Pologne mise en croix

Pour Dieu, sourd encore à sa voix!

IV

De notre mort l'unique cause

Fut le saint amour du prochain.

Le peuple martyr, qui se pose

Comme sauveur du genre humain

Dégénéré par la souillure,

Dut en héros, avec usure,

Expier par son châtiment

Du monde la faute et le vice.

On vit alors résolûment

La Pologne aller au supplice,

Et descendre morte au caveau,

A son mandat toujours fidèle ;
Mais Dieu la prendra du tombeau,
La faisant aux cieux immortelle,
Et l'on verra la sombre nuit
Faire place à l'*aube* qui luit.

Car, disparu pour le vulgaire,
Celui qui meurt du saint Amour,
Comme Jésus sur le Calvaire,
Change seulement de séjour,
S'assimilant à la nature
Des cœurs fidèles et croyants
Qu'il sanctifie et qu'il épure,
Et d'heure en heure, avec le temps,
Grandit plus vivant dans la tombe,
Livrant son être à chaque appel,
S'offrant à tous sans qu'il succombe,
Toujours glorieux... éternel !...
Restant pour le monde invisible,
A nos prières accessible,

Il gouverne, élève l'esprit ;

Effaçant le péché maudit,

Amollissant les cœurs de roche,

De ses propres maux oublieux,

Il les apaise à son approche,

Et dans le chant harmonieux

De la mort il se manifeste,

Calmant troubles et passions,

Dans les liens d'amour céleste

Sachant unir les nations !

Vous croyez, ô mortels profanes,

Ravir à l'immortalité

La vie, en frappant sur les crânes!

Votre pouvoir illimité

S'étend sur les corps faits d'argile,

Pas au delà ! — Vous ignorez

Que l'Amour et la mort virile

Sont un, dans les cieux azurés!...

Pleins de passion criminelle,

Vos sens comprennent l'Éternel
Seulement quand il se révèle
Dans les faits du monde réel !
Vous logez dans votre cervelle
Présomption et vanité,
Supprimant l'âme originelle
Aux êtres de l'humanité ;
Pour opprimer le nu squelette,
Vous forgez maximes et lois,
Et, pour rendre l'œuvre complète,
Tendez lacs ou liens, au choix.
Oh ! cessez ; car des ailes d'ange
Poussent au grand esprit humain !...
Qui répand la vie en échange
De sa mort ne meurt pas en vain ;
Mais tel qui vit par le carnage,
Mort, n'a que l'enfer en partage !

Du mal zélés praticiens,
Hommes pervers, cruels et lâches,

Hypocrites pharisiens,

Vils séducteurs dans vos relâches,

Espions, bourreaux en tout lieu,

Vous bravez la foudre divine

Qui vous atteindra de son feu ;

Féroces et d'humeur badine,

Jolis cœurs à l'habit sanglant,

Appliquant la braise aux blessures,

Vous narguez le vaincu tremblant,

Quand il gémit de vos tortures !

Vainement fiers de droits menteurs,

Puissants par la fraude et l'épée,

Courtisés par de bas flatteurs

Et la sotte foule occupée

A vous prodiguer son encens ;

Idoles d'un culte éphémère,

Qu'on foulera demain sur terre

Comme des reptiles rampants !...

Ah ! ma langue aux accents si purs,

Belle, noble et riche, mais sobre,

N'a certes des mots assez durs

Pour stigmatiser votre opprobre!

La parole ayant sa raison

D'être, sa cause et sa racine

Au ciel, est trop sainte et divine

Pour vous nommer par votre nom!...

Oh! j'aurais pu d'un son terrible

Lancer ma malédiction,

Vous chassant d'un vers inflexible

Aux enfers en punition,

Effaçant sur vos fronts sordides

Le signe de l'humanité!...

J'aurais jugé vos cœurs cupides

Au nom de la postérité,

Vous tenant rivés à la chaîne

Infernale des réprouvés,

Et vous infligeant, comme peine,

D'avoir, sur la face gravés,

Ces mots brûlants : *Brute féroce!*

Mais mon esprit, grave et précoce

Dans sa pleine maturité,

Garde en son mépris et sa haine

Une chaste virginité;

Et, fier de sa nature humaine,

S'interdit l'imprécation

Que dicterait la passion!...

Pourquoi ce regard plein de larmes,

Et ces yeux tristes et rêveurs?...

Viens à moi, quitte tes alarmes;

La Pologne vit dans nos cœurs,

Toujours unie à la justice!

Ma tendre sœur! relève-toi,

Souris gaîment sous mon auspice,

Dans mes bras calme ton effroi :

Chère Muse transfigurée,

Écoute ma voix inspirée!

Avant que l'astre de la nuit

Ne soit caché par la colline,

Les étoiles en leur circuit

Éteignant leur lueur divine;

Avant que le soleil doré

N'éclaire à nouveau la nature,

Et n'efface un rêve azuré

Qui me ravit et me rassure,

Oh! laisse-moi te révéler

Une vérité merveilleuse

Qui va, pour sûr, te consoler

Et plaire à ton âme pieuse;

Car elle tarira nos pleurs,

Faisant cesser l'ombre et le doute

Et calmant nos vives douleurs.

Écoute encor, bel Ange!... Écoute!

V

Connais-tu l'amour entraînant
L'âme au pays de souvenance?
Entends-tu l'appel surprenant,
Lorsque la nuit règne en silence,
De l'Ange saint de la patrie
Évoquant l'image chérie,
Te montrant, nettement tracés,
Les traits vivants des trépassés?..
As-tu vu cette mer de glace
Où reposent nos chers aïeux,

Où paraît la lune à la face

Terne, et pareille au spectre affreux

D'un cadavre, seule, glaciale,

Sans étoiles, teignant au ciel,

De la lumière sépulcrale

Des esprits, le monde réel?...

Sur tout l'espace sans limite,

Rien que givre, neige et frimas,

Dont la blancheur glacée abrite

De sombres tombeaux, triste amas

De rocs taillés, d'un noir d'ébène,

Se dressant sur la blanche plaine.

Quand, guidé par le souvenir,

Tu visites ce lieu terrible

Qui ne paraît jamais finir,

La nuit te semble plus horrible,

L'espace plus mystérieux

Au livide éclat de la lune,

Et l'horizon plus spacieux,

S'élargissant sans borne aucune.

Les yeux plongent dans l'infini;

En haut grandit la voûte immense

Du ciel opaque, indéfini;

Sur terre, des cris de souffrance

Arrivent, pareils aux échos

De tout un vivant cimetière :

Plaintes émanant des tombeaux,

Bruit d'épée et de cimeterre,

Son d'armures de chevaliers,

Comme si nos vaillants ancêtres,

Se rappelant leurs faits guerriers

Alors qu'ils dominaient en maîtres,

S'agitaient vivants au cercueil,

Rêvant à leur chère patrie

Humiliée en son orgueil,

Mise aux fers, vaincue et meurtrie !

Ce qui disparaît ne meurt pas.

Divinité de l'ombre noire,

Le passé survit au trépas

Et retrouve lumière et gloire.

Regarde : de chaque tombeau

Surgit un cadavre à la vie;

Apparaissent là, sous l'arceau,

Nos grands aïeux, dignes d'envie!

Rois, généraux et chanceliers,

Grands dignitaires, chevaliers

Font une diète assemblée;

Le cimetière en glace et roc

Par miracle forme d'emblée

Une illustre Pologne en bloc!

La mort glaça ces fronts en vain,

Dans les yeux brille l'étincelle

De foi, d'amour, d'espoir certain

D'une incarnation nouvelle!..

Vois : sous tous ces casques rouillés,

Sous ces couronnes, ces cuirasses,

S'agitent des cœurs bien taillés,

Des sentiments purs et vivaces;

Fierté, valeur, noblesse, entrain,
De l'esclavage un fier dédain!...

En les voyant dans cette enceinte
A mes beaux rêves alliés,
Saisi de respect et de crainte,
Je me prosternais à leurs pieds.
Agenouillé dans la poussière,
En pleurant je les suppliais
D'éclaircir le fatal mystère :
La chute horrible, sous le faix
D'un sort cruel, de ma patrie
Qui, morte, me donna la vie!...

Pourquoi la prodiguèrent-ils,
Ces nobles et vaillants ancêtres,
En brillants exploits puérils,
Pour héritiers laissant des traîtres
Qui mirent la Pologne en sang,
Mutilant son bel héritage,

Hélas! en déchirant son flanc?

Quel tourbillon ou quel orage

Poussa ces guerriers valeureux

Tout droit à leur perte finale,

Où nous puisâmes, malheureux,

Le germe de la mort fatale?

Leurs armures, à ce propos,

Vibrèrent en notes sonores,

Et des poitrines des héros

Sortit un cri par tous les pores;

Sous les heaumes, les yeux des morts

Lancent sur moi des étincelles;

Les poignets se dressent dehors

Pour jurer en chrétiens fidèles,

Voilant la lune blanche aux cieux,

Et formant une pâle voûte

Où résonne, en sons glorieux,

Un démenti fier à mon doute;

Puis s'élève un cri de fureur!...

Pauvre épi mouillé de rosée,

Mon corps frissonna de terreur

Découlant de l'âme brisée;

Sous l'empire d'un rêve affreux,

Mon regard devient immobile,

Assiégé d'esprits ténébreux

Apparaissant partout en file;

J'entends leurs rires de mépris,

Je sens leurs soupirs délétères;

Ils me toisent, ces fiers esprits,

Non en morts, mais en dieux sévères.

Leurs visages mystérieux

Savent le grand secret du monde,

Qui leur donne un air sérieux,

Où le mépris superbe abonde,

Me navre et déchire le cœur;

Même ayant de l'acier la trempe,

Il éclaterait de douleur.

Tremblant, je me tiens à la rampe,

Tout honteux de contrition,

Devant ce merveilleux spectacle;

Mais bientôt, comme par miracle,

L'esprit reprend son action,

Et je m'écrie : « Aïeux augustes,

Soyez cléments autant que justes;

Puissants par votre sainteté,

Au pauvre orphelin sur la terre

Révélez gloire et vérité,

Et prêtez-lui votre lumière,

Pour qu'il puisse, étant inspiré,

Dire à la Pologne affligée

Votre message vénéré,

Et par vous la voir protégée! »

Le chef alors, près d'un cercueil

Se tenant à l'écart, son glaive

En main, fièrement le relève,

Et le contemple avec orgueil.

Ni rubis, ni perle ou turquoise

Sur son bâton de maréchal;

Sur le sombre habit qui se croise,

Pas d'or, nul signe spécial;

Une simple cotte de mailles,

Par-dessus, une peau de daim,

Et, pour ornements, les entailles

Faites par les sabres en plein.

Des cicatrices au visage

Recouvert d'un casque brisé,

De sa vaillance sont le gage...

Le chef des morts, mieux disposé

Pour moi dans sa douce indulgence,

Quoiqu'il fût plus audacieux

Et plus triste en sa clairvoyance,

Restait froid et silencieux...

Quand soudain, relevant la tête,

Il se redressa vivement

Et marcha vers moi lentement,

Semblant répondre à ma requête.

M'abaissant alors, plein d'effroi

Devant cette ombre magistrale,

J'entendis au-dessus de moi
Une voix grave, sépulcrale :

« *Non par naissance ou par faveur,*

Mais par blessures et labeur [1],

J'ai fait ma brillante carrière,

Ayant ferme conviction

Que là-haut, dans une autre sphère,

Les méchants, en punition

De leurs forfaits et de leurs crimes,

Subiront l'enfer éternel,

Dieu réservant ses dons sublimes

A ceux dont le sort est cruel

Sur terre : son Verbe infaillible

Prendra notre âme dans les cieux!...

[1] Devise de l'illustre guerrier *Étienne Czarvieçki*, grand « *Helman* » de la couronne, qui sauva son pays de l'invasion suédoise pendant le règne de Jean-Casimir, au dix-septième siècle. — Adage passé en proverbe.

Les faits de ma vie ostensible

Sont connus : voyage en tous lieux,

Sur terre et mer, travaux, victoires...

De mon vivant déjà, les temps

N'étaient plus bons ni méritoires;

J'ai donné ma force et mes ans

A mes frères de la noblesse,

Servant aussi bien que j'ai pu,

Tâchant d'ajourner sa détresse,

Dont le cours fut interrompu,

Mais non changé! — Dans sa sagesse,

Dieu voulut d'un mal infini

Nous châtier. — Qu'il soit béni!

Nos fils souffrirent le martyre,

Mais libres d'alliage impur

Avec les peuples en délire,

Indignes d'habiter l'azur

Du céleste et divin empire

D'immortelle félicité :

Mieux vaut, mourant, devenir Ange,

Que de vivre, mais dans la fange.
Gloire à Dieu dans l'éternité !

» Trève à reproche et raillerie,
N'accuse pas tes bons aïeux :
Envers eux toute moquerie
Serait blasphème injurieux.
Sais-tu comment d'heures se filent
Les jours, puis les mois, et les ans,
Formant les siècles qui défilent,
Et marquant la chaîne des temps?...
Seul, vraiment, le mort qui repose
Dans l'humide et sombre cercueil,
Méditant et rêvant en deuil,
Connaît la raison et la cause
Des faits ou récents ou lointains,
De la froide nuit éternelle,
De l'aurore des jours prochains,
De la loi providentielle !...

Mais les vivants n'en savent rien.

» Si tes ancêtres, gens de bien,

Comme les nations voisines,

Avaient franchi le seuil maudit

Du temple construit au Profit

Tout proche et qui tombe en ruines,

Vous seriez certe, à leur instar,

Non un peuple, mais un bazar,

D'armes remplie une boutique...

Quand vous avez génie et cœur !

Nous n'eûmes pas l'esprit sceptique

Du siècle, ayant avec ardeur

La foi dans l'avenir splendide

Dont nous fûmes les précurseurs.

Toujours, partout le temps rapide

Nous conduisit, en défenseurs

Du Christ, par les champs de l'histoire,

La souffrance et le repentir,

Aux lieux où trône en pleine gloire

La Pologne de l'avenir !

La tradition pure et sainte,

Dont vous êtes les héritiers

Inconscients, guide sans crainte

Vos pas aux clairs sommets altiers

Du céleste et divin royaume

Qui sur terre un jour brillera !

Nous, nous y marchions sous le heaume ;

Votre cœur de même y sera !...

» Dieu nous unit dans sa puissance,

Les pères aux fils, en anneaux

Du lien de la délivrance,

Soudés par l'amour à nos os ;

Chaîne à jamais inaltérable !

Quel bonheur d'être unis toujours !...

Avant que du siècle les jours

Ne soient tranchés par l'immuable

Destin, par *notre* sang en jeu,

La sainte union de nos êtres,

Naîtra le peuple *unique* en Dieu !
Bénissez donc vos grands ancêtres !... »

Ayant fini, notre héros
Revient gravement à sa tombe,
Au séjour du profond repos :
Les ais s'ouvrent; — il y retombe,
Et disparaît pour les vivants,
Dans cet asile mortuaire,
Le grand *Hetman* des morts vaillants.

Le nuage, formé naguère
Des bras levés, se perd aussi;
Les ombres fondent à ma vue;
Le sol s'enfonce, tout noirci;
Le ciel s'entr'ouvre dans la nue...
Et s'abîme le champ des morts
Dans le gouffre de la pensée!...
Mais, au milieu de sourds accords,
J'entends du chef la voix glacée,

Par l'oreille vibrant au cœur,

Me rappelant la chère image

Fondue en un rêve enchanteur...

Mais me laissant l'espoir en gage.

VI

Plus sombre est le lac nébuleux,
Plus triste et plus obscur l'espace;
Un funèbre brouillard enlace
Et voile les grands pics frileux,
Enveloppant de la nuit sombre
La lune qui se perd dans l'ombre.

O ma sœur! que se passe-t-il?...
Dans l'air résonne et se propage
Un son plaintif, triste et subtil;

Ce n'est ni le vent ni l'orage,

Mais un gémissement humain,

Un être qui pleure et soupire.

Le cri grandit, sonore et plein...

Mille voix, prière ou délire,

Sur le lac arrivent à nous...

Que vois-je?... Coteaux, bois, collines

Des esprits sont le rendez-vous,

Répétant leurs voix argentines.

Sur les eaux, dans les airs,

Feux follets, vifs et clairs,

De lutins troupe agile,

Voltigeant, sautillant,

Lumineux et brillant,

Égarés, sans asile,

Onduleux, vaporeux,

Rayonnant, chaleureux,

Fiers esprits, pures flammes,

Sur les monts répandus,

Sur le lac suspendus,

Cœurs ailés, saintes âmes,

Paraissent à mes yeux

Unir la terre aux cieux!...

Sur la harpe, ma sœur, de tes mains merveilleuses

Fais retentir des chants, des voix harmonieuses;

Redis-leur en beaux sons,

Aux accords foudroyants, en extase et ravie,

L'hymne national : *La Pologne est en vie,*

Tant que, nous, nous vivons.

Joue et chante avec cœur; prie, implore en délire!

Que l'aimé doux refrain de toutes parts attire

Nos aïeux grands et bons!...

Tu vois bien? regarde! — A ton ordre,

Dans la nuit, ces fantômes blancs

Des monts accourent en désordre,

Se font visibles à nos sens,

Et dans leur course fantastique,

Comme en neige de froids géants,
Avancent sur le lac magique.

Illusion
Ou vision!...
En étincelles
Continuelles,
Jaillit le son
De la chanson.

Ta douce lyre
Semble en délire
Vibrer, gémir,
Trembler, frémir,
Tout embrasée,
Mais non brisée.

La note en feu
Échappe au jeu,
Au loin s'efface,

Laissant pour trace

Brillant sillon,

Clair carillon,

Le chant sonore

D'un météore

Mélodieux,

Grave et pieux,

Volant sans trêve

Aux champs du rêve!

A ta voix, tous ces revenants,

Fiers et glorieux ascendants,

Guidés par la douce harmonie,

Viennent à la Muse bénie...

Vois! tous, levés de leurs tombeaux,

De Dieu serviteurs émérites,

Marchent saintement sur les eaux,

Comme du Christ les acolytes!...

Hauberts, *tougs* [1] servant d'étendards,

Casques ornés de plumes blanches,

Glaives, piques, sabres, poignards,

Visières, brassards sur les manches,

La croix brillant aux rangs épars,

Symbole de foi catholique,

Forment un éclatant sillon,

Une procession mystique.

Bannières du saint bataillon,

Vieux drapeaux, couronnes, armures,

Boucliers, illustres blasons,

S'entre-croisent... Sur ces figures,

Vois-tu, reluisant sur les fronts,

Comme une étoile en nuit obscure,

Suspendue au sommet des cieux,

Une image angélique et pure,

Visage saint et glorieux ?...

[1] Sorte d'étendard turc en usage aussi dans l'ancienne Pologne ; *queue de cheval* au haut d'une lance.

Il apparaît, rayonne, éclaire,

Sur l'arc d'azur et pourpre au ciel,

Ceint d'une couronne stellaire

D'un rare éclat, surnaturel,

Brillant de pierres précieuses

Sur fond d'or, où vole un essaim

D'anges aux têtes radieuses...

Tenant en croix ses bras au sein,

Reconnais-tu la Vierge sainte?...

Salut à la Reine des cieux,

Longtemps veuve d'un peuple en plainte,

Supportant un joug odieux!...

Elle daigne, notre Madone,

Reprendre la belle couronne

Qu'offrirent à Czestochowa [1]

Nos aïeux dévots à sa gloire,

[1] Lieu en Pologne où se trouve une image miraculeuse de la sainte Vierge.

Qui souvent déjà les sauva,

Leur accordant pleine victoire!

Les vois-tu, du lac débouchant

A son appel?...

        Cesse ton chant;

Laisse là ta lyre impuissante

A prolonger la vision...

Des fantômes la foule errante

A repris son ascension,

Sourde à ta voix. — Une lumière

Divine au loin guide et conduit

La troupe en hâte, armée et fière...

Le lac, aux reflets d'or, reluit

Des casques éclairés par l'aube!

Vêtus de l'habit polonais,

Armés pour conquérir le globe,

Ils semblent sûrs de leurs succès;

Sublimes, rayonnants, splendides,

Ils paraissent transfigurés,

Et, de nouveaux lauriers avides,
A d'autres combats préparés !...

Comme aux célestes créatures,
Ailes d'argent sur les armures ;
S'élevant, montent dans les airs
Boutons en turquoises, bleus clairs,
Aux casques chatoyantes plumes,
Aux mains gantelets d'acier fin ;
Sabres tirés, sur leurs costumes
Brillent nus d'un éclat divin ;
Leurs yeux sont fixés dans la nue
Sur la mère à notre Sauveur ;
Sur l'eau la suit leur âme émue
Dans l'infini de la splendeur...

Tout guerrier tient en main son glaive,
Protégeant l'apparition

7

Qu'il voit, éblouissante, en rêve,

Semant sa bénédiction

En étoiles de sa couronne;

Et la Reine auguste des cieux

Qui l'attire et le passionne,

Vole au loin en d'autres milieux!

Notre Madone! Vierge sainte!

Vous menez mon peuple sans crainte

Aux enfers, pour y terrasser

Le serpent une fois encore!...

Dans l'ère qui va remplacer

Le siècle maudit que j'abhorre,

La justice gouvernera,

Ayant la puissance absolue;

Et l'orgueilleux démon saura

Que la Pologne, *votre élue*,

Prochainement triomphera!...

L'heure de joie est arrivée!

Grâce à votre protection,

L'idée immortelle, avivée,

Va se produire en action.

Fleuris, répands-toi, fleur divine,

En tous lieux, sur le monde entier,

Et dans l'infernale sentine,

Pour en épurer le charnier!...

Que le vil mensonge, ou le crime,

Ayant leurré les nations,

Honteux, à vos genoux s'abîme!

Et ces guerriers, vos champions,

Le massacrant de leur épée,

Fouleront le monstre abattu,

Et finiront leur épopée

Au nom de Dieu, de la vertu,

Excommuniant la mémoire

De l'ennemi du genre humain!...

Ils sont rentrés en vie et gloire,

Rien que dans ce but souverain!...

Oui, le monde alors, dans sa forme,

Subira, la troisième fois,

Sa grande et dernière réforme

Pour le triomphe de la Croix!...

Le Christ étanchera nos larmes,

Chassant pour toujours nos alarmes...

Je sais maintenant, mes aïeux,

Où vous escortez votre reine,

Courant, suivant, le cœur joyeux,

Sa trace brillante et sereine!

Mais qui d'entre vous, quelle voix

Voudra m'éclairer et me dire

A quand le retour de l'empire

Lointain, pays de votre choix,

Parmi nous, vivants, fort avides

De voir aussi ces temps bénis

Où, sortant de nos chrysalides,

Nous serons par la joie unis?...

Vous êtes loin déjà sur l'onde,

Vous avançant de plus en plus

Vers l'orient, l'aurore blonde,

Vos bras levés, vos cous tendus!...

Du beau soleil la messagère

Éclaire colline et coteaux,

Teignant d'une rougeur légère

Les glaciers sur les hauts plateaux.

Sur le lac le brouillard s'allume

Des tout premiers rayons du jour;

La file, blanche dans la brume,

Chemine tout droit au séjour

Lumineux du grand disque rouge

Que montre l'astre à l'horizon,

Dans un calme où nul brin ne bouge :

Rien que des fleurs l'exhalaison!...

La troupe disparaît, s'efface

Dans cet océan de clarté,

Et se perd sans laisser de trace,

Pleine d'espoir et de gaîté!...

On ne la voit plus... Dans l'espace,

Rien qu'azur, lumière et rayons,

Du lac la paisible surface,

Rochers, collines et vallons,

Nuages, terre et ciel, — les mêmes

Qu'hier, — mystérieux problèmes!...

La nuit a disparu dans l'air,

Mais la foi rayonne dans l'âme,

Inoculée à notre chair.

Pour nous le jour prochain s'enflamme,

Resplendissant et radieux,

Nous montrant l'avenir sublime!

Je voudrais embrasser les cieux,

Le lac pur, des Alpes la cime,

Du vaste horizon tous les lieux,

L'univers qui brille et s'anime ..

Tant je suis content et joyeux!...

Tout est à moi, — tout est splendide!

Je suis maître du monde entier,

Faisant jaillir du roc altier

La vie en une onde limpide,

Dans mes chants inspirés par Dieu!...

Je vois miracles et merveille;

Je nage et me fonds dans le bleu...

Vraiment ma joie est sans pareille!...

Ma Pologne, mon peuple aimé,

Retrouvera gloire et puissance

Grâce au ciel, à la Providence,

Sur terre, à tout être animé!

Je rends grâces à la nature,

Au siècle, au temps, à toi, ma sœur!

Même à la mort qui me rassure...

Grâce aux vivants, grâce au Seigneur!...

Ma reconnaissance éternelle

A notre Maître généreux,

Je la redirai, plein de zèle,

Sans cesse... car je suis heureux!...

VII

Notre humanité renouvelle

Son être, en sa diffusion

Aux lieux où luit l'universelle,

Pure et sainte adoration!

L'union de nos âmes crée

Un autre esprit supérieur

A l'humaine essence égarée,

Siégeant dans notre intérieur;

Mais, divin effet de la grâce,

Prêt à rayonner dans l'espace!

Noble transfiguration,

Où nous vîmes la destinée

De notre illustre nation

Par une clairvoyance innée,

Don merveilleux du Saint-Esprit

Qui dans nos âmes descendit,

Et nous montra la belle image...

Est-ce sur terre ou bien au ciel,

Sur l'onde ou bien dans un nuage?...

Spectacle indicible et réel!...

Sur un océan sans limite

D'azur, ruisselant de splendeur,

Surgit, se meut et ressuscite,

S'élevant de la profondeur

Du lumineux et vaste abîme

Soudain par miracle entr'ouvert,

La Pologne grande et sublime,

Le front orné d'un laurier vert!

Ma noble patrie angélique,

Dans son avenir glorieux
Apparition magnifique,
Resplendissant, vivante aux cieux
Pour se rendre à nos yeux visible,
Rayonnant d'immortalité,
Mais infinie, inaccessible
Au pays de l'éternité !

Au soleil brillant son visage
Est pareil; ses yeux sont d'azur;
L'éclair au flamboyant sillage
Luit dans son regard noble et pur !
Sur son front est une couronne
Teinte du sang des maux passés,
Dont le souvenir l'environne,
Pour toujours désormais chassés;
Et la crainte même est bannie
De l'Élue en pleins cieux bénie!...
Son glaive au fourreau, suspendu
Aux antiques chaînes brisées,

De trois couronnes est tordu,
Par trois tyrans sur terre usées !

Quoique tout mal ait disparu,
Elle tient, de ses mains mignonnes,
Indiquant le danger couru,
La garde du glaive aux couronnes.
Le stigmate apparaît aux mains
Du martyre subi sur terre,
Dont on voit les signes certains
Sur le fourreau du cimeterre
Forgé de l'or des trois larrons !
Le pressant, les doigts de la sainte
Font jaillir le sang à bouillons,
Laissant une éternelle empreinte,
Gage des tourments éternels
Soufferts par les grands criminels !...
Autour, en bas, au-dessus d'elle,
Dans l'espace, et dans tous les temps
Sans nombre de vie éternelle,

Au loin, derrière, à tous les plans,

Partout, dans l'ombre et la lumière,

Ondes, nuages blancs et purs,

Des spectres remplissent la sphère,

Les revenants des temps futurs!...

Leur teinte n'est pas aussi claire,

Ils sont moins beaux, moins imposants,

Non marqués du sang du Calvaire

Versé jadis par les croyants,

Dont la Divinité céleste

Rehaussait l'auguste beauté,

Et les désignait sans conteste

Comme rois de l'humanité!..

Jeunes soldats de la victoire,

Nouveaux débutants au pouvoir,

Peuples méritants dont l'histoire

Au ciel enregistre l'avoir,

Mais ne dit rien de leur vaillance,

Leurs lauriers ne sont pas nombreux!...
Ne livrant pas leur existence
Au cimetière ténébreux
Par une action généreuse,
Ils n'eurent pas en don la mort.
Consacrant la foi précieuse,
Et guidant sûrement au port!
Ils sont privés, dans leur jeunesse,
Des biens acquis par la sagesse!...

Vois! des nuages il en sort,
Il en tombe... c'est un déluge,
De fantômes, un vrai débord!...
Sur leurs fronts, comme en un refuge,
Fleurit la róse du printemps,
L'espoir du matin de la vie!...
Le calme d'une âme ravie
Règne en leurs beaux yeux éclatants;
Des lèvres sort l'hymne de joie!
Sous eux, dans l'espace sans fin,

Palpite une brillante voie

D'étoiles à l'éclat divin !

Tous penchés, ils sont en extase,

Du haut des siècles contemplant

Le bel Ange qui les embrase

D'un noble amour, pur et brûlant,

S'inclinant toujours davantage,

Éblouis par l'ardente image !...

Vois, regarde ! Ils lèvent leurs mains,

Détachent les fleurs de leur tête,

Jettent les roses en essaims,

Les guirlandes de vie en fête

Aux pieds de la sainte âme en Dieu !

Les roses sillonnent l'espace...

La fleur se change, en ce milieu,

En vive étincelle qui passe,

Et la guirlande en arc-en-ciel ;

Des fleurs, des roses l'avalanche

Forme sur l'azur éternel

La rose aurore et l'aube blanche,

Manteau fait de pourpre et d'argent[1],

Tissu de lumière et de flamme,

Couvrant l'Archange dirigeant,

De la Pologne la belle âme!...

Des peuples divers les esprits,

De tous lieux et temps réunis,

Pleins de pieuse déférence,

Se courbèrent en sa présence,

Séduits, ravis, émerveillés;

Et, devant elle agenouillés,

Admiraient sa beauté céleste,

Son rayonnement immortel,

Son ascension manifeste

Pour être couronnée au ciel!...

[1] Couleurs nationales polonaises.

Prosternés, ils se recueillirent

Et d'en Haut la voix entendirent :

« Pour délivrer l'humanité

Et lui révéler ma bonté,

J'envoyai le Christ angélique,

Mon Verbe aimé, mon Fils unique!

Sa parole, vivante en toi,

Pologne! redira sur terre

Le grand mystère de la foi!

Je t'en proclame messagère,

Ma fille, élue à cet effet!...

Tu fus en terre ensevelie,

Parcelle du monde inquiet;

Par ma grâce je te délie

De tout lien matériel,

Pour protéger dans tout l'espace

Le genre humain universel!...

Par l'action forte et vivace

Conduis-le vers le but final,

L'éclairant de ton noble exemple;

8.

Et le transforme en pur cristal
Reflétant le ciel qu'il contemple;
Élève-le dans l'infini
Au-dessus des temps variables,
Au vaste firmament béni,
Le guidant aux lieux insondables
Qu'habitent les saints, tes égaux,
Les Archanges, brillants flambeaux!...

Je vis l'Archange, sous sa forme
Éblouissante de fraîcheur,
Monter, grandir, se faire énorme,
Immaculée en sa blancheur,
Les yeux levés, les mains tendues
Vers les nations étendues,
Baisant les plis de son manteau!...
L'Ange s'envola dans la nue
Et disparut, splendide et beau,
Dans la lumière, à notre vue!...

Les esprits en foule, anxieux
Et désirant suivre l'image
Sainte évanouie à leurs yeux,
Délaissent du monde l'usage;
Et, s'embrassant avec amour,
Unis par la douce harmonie,
Ils s'élèvent au beau séjour,
Où s'envola le grand génie,
Dans les sphères de l'idéal,
De la Pologne le bel Ange!...

Guidés par mon pays natal,
Comme par un soleil étrange,
Ils quittent les sombres milieux,
Et, dominant notre atmosphère,
Ils entonnent leurs chants joyeux
Pour adieu à la triste terre,
Peuples nageant dans l'air des cieux,
Sanctifiés par la prière!...

Je vis en feu le monde entier,

Et des millions d'étincelles

Émanant du même foyer;

Dans les sphères surnaturelles

L'effet immuable, infini

Créé par la force divine,

Le tourbillon indéfini,

— Produit de céleste origine, —

D'étoiles, planètes, soleils,

En guirlandes étincelantes

De fleurs d'azur, d'astres vermeils,

Se croisant, s'enlaçant, brillantes

En ce jardin aérien !

Et sur cette mer lumineuse

S'élevait le beau chant chrétien,

L'hymne de la nature heureuse,

Le cantique du Fils sauveur

A son Père éternel, auguste !...

Montaient au ciel les voix en chœur

De mon peuple fidèle et juste,

Guidant les autres nations
Par la voie ardente et sereine,
Obtenant par ses actions
Le salut de l'espèce humaine!...

Quel œil oserait rayonner
Dans la profondeur de l'abîme?
Quel front pourrait se prosterner
Aux pieds du Créateur sublime?...
Qui suivra les blonds séraphins
Où l'humanité se transforme
En un son des accords divins?...
L'image perd couleur et forme,
Mon regard la poursuit en vain...
Le cœur se pâme en défaillance,
L'esprit devient trouble, incertain!. .
Ma tendre sœur! je suis en transe
Et comme dans un noir tombeau!...
Grâce à ma prière fervente,
J'eus sur terre un rêve si beau!

Du ciel le ravissant tableau!...

Avant cette heure décevante

Du réveil... durant un instant,

Nous avons joui, mon bel Ange,

Au sommet du ciel éclatant,

D'un bonheur pur et sans mélange,

Nous abreuvant avec amour

Aux sources mêmes de la vie!

Nous avons vu, tout à l'entour,

De beaux objets dignes d'envie,

Sur la terre encore innommés,

Les délivrant du chaos sombre

Avant qu'ils ne fussent formés;

Nous les retirâmes de l'ombre,

Leur octroyant pour un moment

Ce que donne Dieu seulement :

Consistance, forme et lumière!

Ma sœur aimée, en ce clin d'œil,

Nous avons dépassé le seuil

De l'éternité tout entière!...

VIII

Éloigne soucis et terreur,

Tends-moi la main; sois mon bon Ange

Sur la route de la douleur,

Couverte de ronce et de fange!

Espérons! car je vois surgir

Notre gloire dans l'avenir!

Sur la terre sainte et sacrée

De notre patrie adorée,

Malgré ses partages cruels

Unie, entière, indivisible,

Naîtront des vengeurs immortels,
Les vainqueurs du monde inflexible!
Puis ils le réconcilîront
Avec la Justice divine,
Chair et sang renouvelleront
Avec leur pureté d'hermine!

Où nous voyons effondrement,
Désunion, gouffre et naufrage,
Pour eux brille éternellement
De l'amour sans fin le bel âge!
Épargnant le sang même impur,
Ils font le monde à leur image,
Brillant de rayons et d'azur,
Où le vil crime est hors d'usage!
Plus d'êtres flétris, dégradés!
Le cœur ennobli de la femme,
Relevé d'une chute infâme,
A reconquis ses droits sacrés!...

Donnant le bras à leurs esclaves,

Les anciens maîtres et seigneurs,

Esprits doux, cléments et suaves,

Brisent leurs droits antérieurs;

Et la terre renouvelée

Abandonne l'instinct charnel

Et la passion déréglée

Pour l'amour saint, spirituel!

Le monde nage dans la joie,

Comme la maison du Bon Dieu!

La Pologne, jadis la proie

Du mal, de la guerre et du feu,

Devient le paradis sur terre!

Plus de tourments ni de chagrin;

L'ombre fait place à la lumière,

L'air s'épure au souffle divin!...

Tout un passé de chaudes larmes,

Le martyre humblement souffert,

Les croyants fauchés par les armes,

Le pays devenu désert,

Du bourreau l'insulte et l'outrage,

Le démon cherchant à tenter,

Les vils liens de l'esclavage,

Nous ont fait enfin mériter

D'obtenir la vie éternelle

Où notre âme, domptant le sort,

Renaît, triomphant de la mort,

Pour vivre et briller immortelle!...

Ton esprit ne périra plus,

Chère Pologne bien-aimée!

Il domine et plane au-dessus

Du brouillard et de la fumée,

Enveloppant le monde obscur

Où la chair meurt sans espérance,

Chavire et roule au gouffre impur,

Quand tu trônes sur l'éminence

Que baignent les ondes du temps,

A tes pieds, de leur blanche écume,

Ensevelissant dans leurs flancs

Hommes et choses dans la brume,

Flottant au gré des passions;

Tandis que l'idée immuable,

Dictant les belles actions,

Reste et surnage impérissable!...

Tu n'es plus pays, nation,

Lieu, coutume, tradition,

Mort, chute ou réveil de la foule;

Mais foi, justice et le bon droit!

Qui te rompt, s'abîme et s'écroule,

Bravant le Seigneur qui le voit,

Dont tu proviens juste et sincère

Pour régir désormais la terre!...

Père éternel de nos aïeux!

Dieu qui, de ta hauteur sublime,

Daignes descendre, radieux,

Dans nos cœurs en sainte victime!

Ta gloire illumine les temps,

Avec les flammes de l'aurore

Embrasant les cieux éclatants!

Tu luis sur l'être qui t'adore,

Dans l'aube éclairant notre deuil,

Nous promettant joie et liesse,

Quand nos os, couchés au cercueil,

Y tressailleront d'allégresse!...

Nos ennemis osaient en vain

Blasphêmer dans leur insolence,

T'appelant cruel, inhumain!...

Par la mort, dans ta sapience,

Tu nous guidas aux lieux sereins

Où nous revivrons, purs et saints!...

Seigneur! grâce te soit rendue,

Pour ce qu'ont souffert âme et corps

De douleur au monde assidue!...

Bien que chétifs, par nos efforts,

Notre martyre et vie amère,
Ton règne surgit sur la terre!...

Disséminant des froids tombeaux
Nos restes changés en poussière,
Tu fis de nous de saints flambeaux
Éclairant une nouvelle ère!
Grains de sable volant aux cieux,
Soudain, à ton Verbe efficace :
« *Qu'à présent lumière se fasse!* »
Devinrent rayons lumineux!
Émanant de ton auréole,
Nous luisons au monde incertain,
Et lui montrons le doux symbole
Du brillant avenir prochain!...

Puissant Sauveur du monde,
Nous te glorifions
Que la foi nous seconde
En toutes actions!

Devant ton trône auguste
Nous voulons, en ce jour,
Avoir le sort du Juste
Mourant pour toi d'amour !

Alleluia! pour l'Ange
Bienheureux, immortel,
Qui nous ouvre le ciel,
Honneur, gloire et louange!...

Alleluia! Jésus
A terrassé le diable :
Mis en fuite et confus,
Il n'est plus redoutable !

Jusqu'à ce jour l'esprit du mal
Troublait les éléments sur terre,
Montrant son pouvoir infernal ;
Onde ou vent, nous faisant la guerre,
Et nous frappant dans le tonnerre!...

Sa puissance est à son déclin;

Il sera réduit en poussière,

Et, par un prodige divin,

De sa dépouille, — âcre matière, —

Dieu fera naître un séraphin,

L'Ange gardien de notre sphère!

Guidés, par son sourire exquis,

Au delà du noir cimetière,

Nous jouirons du paradis

Où les morts verront la lumière!...

Éléments contraires, ressorts,

Forces de la nature entière,

Se mêleront en doux accords,

Sans se nuire dans l'atmosphère.

Le globe heureux et satisfait,

Tournant dans son cours circulaire,

N'ayant plus remords ni regret,

Bénira son Dieu tutélaire!...

Les puissants seront généreux,

Protégeant les faibles sur terre,
Vivant saintement comme aux cieux!
Le peuple, masse informe en pierre,
Par l'Esprit taillée au ciseau,
Deviendra la statue austère
De l'idéal sublime et beau!...

Chante, Muse chérie!
Les siècles ont passé,
Cruelle boucherie
De sang versé!

Mais la lutte a cessé,
Le mal enfin décline;
Le règne a commencé
De paix divine!

Jusqu'au matin présent,
N'a jamais notre oreille
Entendu voix pareille,
Son si plaisant!

Ni le regard perçant
Ne vit une merveille
Comme l'aube vermeille
   Du jour naissant !

Le temps obscur et sombre,
Comme un voile éternel,
Recouvrait de son ombre
   L'azur du ciel ;

Mais extase et délice !
Avec la froide nuit
Finit notre supplice :
   L'aurore luit !...

Fuyez, honte, infamie !
Pour toujours, à jamais,
Notre âme est raffermie !
   Les jours mauvais

Ont quitté notre monde
Plein d'un pieux désir,
Où sûr espoir abonde
　Dans l'avenir !

Loin de nous toute angoisse !
Prions que dans nos cœurs
Le bonheur toujours croisse,
　Et soit en fleurs !

Tressons une couronne,
Offrons un pur encens
Au Seigneur !... Vers son trône
　Montez, mes chants !...

ÉPILOGUE

De l'*aube éblouissante* attendant la lumière,

Nous rêvions, frère et sœur, tous les deux exilés,

Trahissant dans ces vers notre pensée entière;

Mais la parole humaine, aux accents révélés,

N'est qu'une faible part de notre intelligence...

La prière fervente, adressée au Seigneur,

Seule agrée et convient à sa toute-puissance,

S'élevant comme un hymne au divin Créateur;

Mais ne sépare pas l'*action* de l'*idée!*...

Le saint amour, par elle exprimé, se répand

Tout autour sur la terre au ciel par lui guidée,

Et forme une harmonie, un ordre surprenant,

Digne de l'idéal... Telle sera la nôtre!

Si l'esprit humain rêve et se berce, isolé

Dans l'inspiration, sans la suivre en apôtre,

Seule elle monte au ciel; mais lui — reste exilé!...

Quel que soit mon destin, qu'il m'éclaire ou qu'il gronde,

Épanchant mon idée en un trouble milieu,

Je cesse de chanter, faisant vibrer au monde

Sur ma lyre brisée un dernier son d'adieu;

Je cède la parole au jeune enthousiaste

Aspirant à livrer d'autres productions,

Et me tais pour agir sans orgueil et sans faste.

Périssent mes chants! Place aux *nobles actions!*...

Amie à toute épreuve et Beauté sans rivale!

Ma chère et tendre sœur, ma Muse, mon soutien,

Joignant force virile et grâce virginale,

Oh! ne me quitte pas! Sois mon Ange gardien,

Tant que je vis, respire et luis, faible étincelle,

     Dans l'ardente clarté du ciel;

Tant que vibre mon cœur dans l'hymne universelle

     De la nature à l'Éternel!...

FIN.

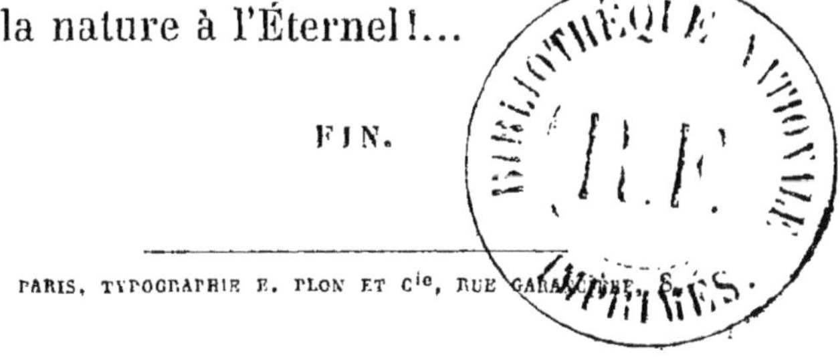

PARIS, TYPOGRAPHIE E. PLON ET Cie, RUE GARANCIÈRE, 8.

POËTES ILLUSTRES DE LA POLOGNE

AU XIXe SIÈCLE

JULES SŁOWACKI

UN

ÉPISODE EN SUISSE

TRADUIT DU POLONAIS

W SZWAJCARJI

JULIUSZA SŁOWACKIEGO

LE TOMBEAU D'AGAMEMNON

FRAGMENT D'UN VOYAGE EN GRÈCE

Prix : 1 fr. 50 cent.

PARIS

TYPOGRAPHIE DE E. PLON ET Cie

RUE GARANCIÈRE, 10

1876

POËTES ILLUSTRES DE LA POLOGNE

AU XIXᵉ SIÈCLE

JULES SŁOWACKI

LABOR·
IMPROBVS·
I·I·P
OMNIA VINCIT